诗
想
者

H I P O E M

我们　都是
宇宙的　一撇

盛祥兰 / 著

GUANGXI NORMAL UNIVERSITY PRESS
广西师范大学出版社
· 桂林 ·

Women Dou Shi Yuzhou De Yipie

图书在版编目（CIP）数据

我们都是宇宙的一撇 / 盛祥兰著. —桂林：广西
师范大学出版社，2019.8
ISBN 978-7-5598-2001-3

Ⅰ. ①我… Ⅱ. ①盛… Ⅲ. ①诗集－中国－当代
Ⅳ. ①I227

中国版本图书馆 CIP 数据核字（2019）第 154321 号

广西师范大学出版社出版发行

（广西桂林市五里店路 9 号　邮政编码：541004）

网址：http://www.bbtpress.com

出版人：张艺兵

全国新华书店经销

桂林金山文化发展有限责任公司印刷

（广西桂林市中华路 22 号　邮政编码：541001）

开本：787 mm × 1 092 mm　1/32

印张：5.25　　　　字数：100 千字

2019 年 8 月第 1 版　　　2019 年 8 月第 1 次印刷

定价：48.00 元

如发现印装质量问题，影响阅读，请与出版社发行部门联系调换。

一本没有目录的诗集

火柴摆放在火柴盒里

像树木摆放在森林里

火柴被擦亮的那一瞬

　　整个森林都在疼

来历不明的风

吹着恍惚的事物

吹着藤椅上的细节

和刚刚离去的母亲的气息

你在我眼睛里

怎么都不会

找到

我的眼神

风在吹

它只是吹着

并不制造颜色

和形状

我将黑夜

枕在头下

我们都是

宇宙的一撇

绿头鸟

二月的一个·标点

它飞得很慢

却始终在风的前面

晚霞

坐在路边

向远看

看见了自己

一缕风

跟在蝴蝶后面

走成了

它的样子

水拥着水

跳下悬崖

人们称这一场景

为瀑布

平原上

一只羚羊的眼神

控制了这个黄昏

氤氲的景象

多年后

仍然会有

星星和细雨

在大地上叹息

夕阳坠落在

一片叶子上

一只火鸟

颤动了几下

天，是空的

而我们的视力

仍然能捕捉到

许多事物

夏季，地球倾斜了

一下身子

更多的日光

留在了平原上

窗外

疲惫的雪花

还在替蝴蝶

飞着

藤蔓的触须

伸到了墙外

那是它生命

之外的部分

正午

树叶深陷

树影的

摇晃之中

一棵桉树

按照戏剧的

情节

生长

露珠轻轻

咳嗽一声

蒲公英的眼泪

就流了出来

青蛙的跳跃

像一阵心慌

它表达了

曲折的部分

凡是缠绕着

向高空

伸展的植物

都不会摔下来

苍鹰张开翅膀

它飞不飞

都是天空的

一把剪刀

天气好的时候

空中的云

也像地面上的车

一样拥堵

蜡烛和灯泡

唯　不同的是

蜡烛

有泪水

他做了个手势
渴望被这个
姿势
怜悯

竹子的

每个关节

都是疤

却从来不疼

蝴蝶

著名画家

巴洛克时期的建筑

天空的一朵花

玉米露出

黄的牙齿

不是为了

笑

面对整个空山

人是渺小的

孤独也是

渺小的

黄昏时分
天空派一场雨
袭击了
大地

他闭着嘴

但我感觉到

有词语在他喉咙里

奔跑

光的手势

将茶杯

举了

起来

阳光从窗口

伸进手

往一只空酒杯里

倒满了香槟酒

灯泡

深陷灯光旳

温柔圈里

不能自拔

从故乡

出发的雪

从未抵达过

我生活的城市

一只风筝

在空中被苍鹰劫走

因它长得

太像喜鹊了

孔雀披着三月的羽衣

到处炫耀

提前发布了

这个春天的流行色

不幸的婚姻

就像

一个房子里的

两个季节

白色

孤独的发言人

它落在谁的肩上

谁就是富翁

乌鸦飞着

并扇动

体内的

思想

白云

为了寻找故乡

不停地

流浪

蜡梅在温室里

向外观望

漫天飞舞的雪花

是它失散的姐妹

我一直看着它

一棵秋天的白杨

骨瘦

如母亲

一阵风深陷

另一阵风

刚刚离去的

秩序中

画里的风在吹

那个看画的女人

裙摆

飘了起来

云朵是空的

但它的内部有细密的骨骼

有它自己也不知道的疆域

它喜欢倒挂在空中移动

尘埃

借助

风的翅膀

飞翔

所有的色彩

在老年的时候

都会回忆起它们的底色——

白色

经年累月
孤独的人
成群结队
但仍然是孤独的

月光被夜

引诱着

进入大地的腹部

人间的无人区

秋天

枫叶在自己的

地盘上

练习跳远

一只喜鹊

对着一潭静水

矫正

视力

月光伸出手

摸了一下

石头

石头变了形

腿迈开步子

以弓形

以缺席的

方式

日光

让人间成为彩色

月光

让人间成为黑白

雪在冷杉的怀里

保持本色

保持同一个姿势

保持潮湿的样子

夕阳蜷缩成

一个孩子

脚下的

皮球

高处的云

像地球飞速旋转

甩出去的

生命的尾巴

夕阳

将白天的颜色

全部收入

锦囊

长颈鹿回过头

发现它的尾巴

低矮

如同一个逗号

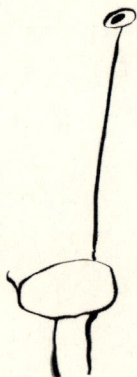

植物

生长的声音

从不对外

泄露

天空

久久地

在一桶水里

荡漾

雪花在屋顶

弹跳

飞舞

练习轻功

画框里的

一只鹰

静止地

飞行

落叶跌倒在山坡上

多么沉重的轻

怀着某种倔强

不接受风的搀扶

春天

蜷曲成

你手上的

一朵桃花

经年累月

风扇将自己

吹成

铁锈

我下台阶时

差点

被暮色

绊倒

浪花在礁石上

引爆了

自己的

小宇宙

一片由人的影子

构成的云

在地面上

移动

一只蚊子站在水杯上

望着浩瀚的海洋

一面能照见自己的

镜子

一条河流

流入另一条河流

它们都失去了

自我

云

用身体之笔

涂抹着

世界

傍晚的嘈杂声

吸附在一只山雀的

羽翼上

飞走了

没有两个一模一样的黄昏

那些在黄昏来临时

走神的眼神

也没有一个是重复的

倾斜

是 种态度

一种姿势

事物消失的前奏

天暗了下来

暗得很彻底

光线和视线

都无法将它穿透

口袋

衣服上的

一个

表情

祖母的

　　皮肤

像纸一样

　　轻盈

落日

留给黄昏

一个

寓言

日光之手

编起

树的

辫子

飘落的枯叶

穿过枝头的日子

一边抖掉身上的骨头

一边进入永恒

我有一些口味相反的水果

嘴唇沉迷其中

消费它们的优点和缺点

忘了最初的渴望

月光

为桦树

涂上一层

油漆

风日夜奔跑

水日夜流淌

它们是两个

劳苦之人

那些悬空的

飘浮的

不依附于地表的物种

依然属于地球

月光落在
茉莉脸上
它的气息
愈加芬芳

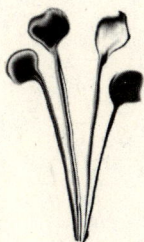

雪降落在白桦树上

后来降落的雪，降落在雪上

再后来降落的雪，也降落在雪上

虽然它们都在白桦树上

画眉在枝头上鸣叫

它用一个词

说出了很多

别的意思

天空

为词语

留下了

空白

一缕炊烟

踩着暮霭的肩头

向高处伸展

尽管上面一无所有

我们彼此遮蔽

我们在自己的

阴影里

谈论光和颜色

那里有无法抵达的高度

按部就班的睡眠

以及睡眠里

一次又一次的觉醒

雨落下来

仿佛只是为了

听听自己的

心跳

水仙的香气
来自水仙
以及它旁边
大叶菊的呼吸

我抱紧

双臂

像抱着

两个孤儿

一潭静水

　将月光

　还给了

　　月亮

万物紧紧地

依附着大地

再也没有比大地

更深的深渊

黑夜

学会了

用伤口

呼吸

孤独伸出手指

发现手指

比它

还孤独

一片叶子

掉下来

经过大地

掉在死亡上

脸上的雀斑

是天使

返回天堂的

记号

时空弯曲成

一个小孩

地表正在形成

它的二维码

山雀的眼睛里

有我的影了

那是我寻找你的

证据

夜色压下来

压住了尘埃

飞翔的

欲望

那些曾经熟悉的事物

只不过是

记忆里

一个补丁

风跌倒了

我才听见雨珠

掉在地上的声音

它有多响，就有多疼

她迎面走来

她的眼神

告诉我

她从未恋爱过

秋风

把秋色

送给了

天空

麻雀的嘴

在地上

啄食

阳光的金子

天空那么轻

大地那么重

我是它们的

　　加法

蜻蜓

在阅读

蝴蝶翅膀上的

情书

核桃

攥紧拳头

把自己

攥成内伤

露珠

睁开眼

一颗星星

滚了出来

那个时候

地球不拥挤

天空很空

祖母也在

白桦树

跟其他的树

不一样

它有雪的胎记

鱼
也有一颗
飞翔的
心

玫瑰的

香气里

有矢车菊的

气质

蜂蜜

闻起来

像一段

陈年旧事

有些记忆

舍不得

从嘴唇上

抹去

一个人内心的宽度

也不过是

一只马蹄印上的

山水

风抓住

树的手

教它如何

跳舞

十二月
站在街头
等待
雪

铃兰在炫耀

它的香气

蓝色的触须上

挂着星期天的夜晚

一大早

我出门碰见两个眼神

一个潦草

一个三心二意

我看见最忧伤的事

是静默在雨水中的

一朵野花的

眼神

我将

　故乡

　搬进

眼睛里

月季的粉唇上，贴着一滴

干净的叫做眼泪的水

它准备在一个喜乐

的日子里掉下来

喜鹊

飞行时

与它的影子

擦肩而过

一颗

露珠

替太阳

闪烁

不知是眼睛

　还是大脑

最先发现了

事物的真相

眼皮抬起

一扇

百叶窗

开了

与一个男孩擦肩而过

我闻到了初恋的味道

我回头

看了他很久

树叶枯黄时

就有了

飞翔的

欲望

青蛙墨绿色的

肚子里

长着一颗

植物的心

秋风中

枯叶和它的

凋零

紧紧抱在一起

萤火虫

用身体的微光

与庞大的夜

对抗

我穿过小径

夏季

正从那里

经过

一块石子

斜着划过水面

它奔跑的姿势

就是爱情逃逸的样子

高处

天空

拥着白云

也拥着虚无

露珠透明的

　　肚子里

藏着昨夜

盗取的月光

那个女孩一直背对着我

她的裙摆是落叶的　部分

面目表情

在秋天之外

手掌上的茧

大自然

赐予的

时尚标志

如果我有一支短笛

如果我能吹出百灵鸟的声音

鱼木花的耳朵

就开了

"1"是一切的开始

　　却不是结局

　　它将宇宙撑满

但看上去空无一物

燕子

向高空飞去

它的影子

掉在了地上

风里

有各种味道

唯独没有

自己的味道

一场雨水

将风铃草的

笑声

熄灭了

一只鸟站在树上

一个人坐在树下

他们都没有发觉，七月

经过他们，走了

十二月的月亮

独自站在街头

寻找一块

掉落人间的玉佩

大雁衔着

残缺的

秋色

去了南方

水用它的嗅觉

找到了

自己的

跑道

从窗口望出去，一个女孩站在风里

她什么也没做，就是站着

她的侧面有树，前面有风

风吹着树，树抚弄着她的发，向后飘

秋天的

叶子

以干枯

闻名于世

云的泪下落时

是雨

掉到地上

成了水

帕米尔高原

大地的一把椅子

夕阳坐在上面

歇息

我打开伞

不是因为雨

而是因为过于

晴朗的天空

玫瑰捧着

粉红色的脸

把自己

献给了月亮

我们来过，又消失

记得多年前，在长春飞往广州的航班上，我靠在舷窗旁，长久地望着单一的、没有边界的白。天际的白，云朵的白，时空的白。慢慢暗下来的黄昏，改变着白。云朵时而明黄，时而嫣红。它只是飘着，对周边的环境无动于衷。它只负责飘，飘是它存在的形式。漠然地、无意识地，没有悲也没有喜。飞机也在飘着，在时间的河流里，它与云朵一样，同属于这个星球上的物体。存在过，又消失。

没有一种事物能长久地留在这个星球上，人也一样。不会因为人类有情感、有意识，死亡就会绕过去。

有那么一瞬间，我觉得这架飞机仿佛是静止的。在时光隧道里，等待着老去。

月色好的夜晚，人们会仰望天空。有星星在上面，又高又远。我们会感觉到星星在闪光，像眨眼睛。其实，我们看到的星星，是它们几百年上千年以前的样子，我们无法知道它们现在的样子。它们离地球太远，我们的视线太短。

对于整个宇宙，地球只是一个小圆点。它周而复始地运转，并不说明意义。

我常常被肉身的无能所惊吓，我们不会比一条蜥蜴知道的多。面对一把椅子，我们又怎能确定它没有思想、没有欲望呢？我们所感受的日常经验，只是我们自己的感受。不能代替植物，也不能对雨水指手画脚。

一根芒草的摇晃，与一首音乐的响起，它们表达的或许是同一个意义。

当我看到深邃的海洋，以及它上面盛开的浪花。一朵灭了，一朵继续，永无止境。我无法知道，那神秘的力量来自哪里。

　　人类肉身无力抵达的地方，可以借助想象的翅膀抵达。于是，我们需要艺术这一载体，来满足人类的好奇心，抚慰孤独的灵魂。

　　诗是一种。它试图用自身羸弱的光源，对抗庞大的黑夜。试图触碰虚无的宇宙，试图寻找世间万物存在的秘密。

　　诗是勇敢的。

　　一位哲人说过：在艺术领域里，诗和音乐最接近神性。

　　这或许是我写诗的一个理由。

盛祥兰

2019 年 4 月 10 日于珠海海湾雅苑